AIDE-TOI, LE CIEL T'AIDERA.

RAPPORT DU COMITÉ.

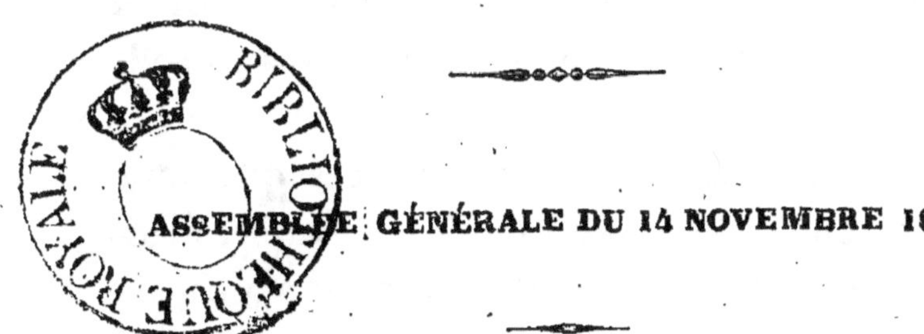

ASSEMBLÉE GÉNÉRALE DU 14 NOVEMBRE 1832.

MESSIEURS,

Toutes les fois que votre comité a trouvé l'occasion d'étendre la sphère de son action politique, et cela dans l'intérêt du pays, il l'a saisie avec empressement.

Aussi, l'accroissement de ses travaux est tel que, depuis long-temps, il est devenu indispensable d'en faire une nouvelle division au profit de l'ordre et de l'expédition des affaires.

Cette division, pour avoir quelques chances de succès, ne pouvait être arrêtée et par conséquent vous être communiquée qu'après un temps d'épreuve, une espèce de mise en pratique qui en fît saillir les avantages et les inconvéniens.

Aujourd'hui, votre comité est à même de vous faire connaître l'ordre qu'il a donné à ses travaux. Quelques mots suffiront pour vous en faire comprendre l'importance et l'utilité.

Il restait à votre société à faire, par rapport à la garde nationale, aux conseils municipaux, à l'exercice du droit de pétition, ce qu'elle fit avec tant d'énergie et de fruit sous la restauration par rapport aux colléges électoraux et à la presse périodique : exploiter les lois au profit de vos principes.

Vous connaissez, Messieurs, les services que vous rendez relativement à la composition de la chambre élective. Lorsque vient l'époque de l'inscription des citoyens sur les listes électorales, par votre comité central et vos comités correspondans, vous la leur annoncez ; l'orsqu'on apporte des entraves à leur admission, vous les éclairez sur leurs droits, sur les formalités qu'ils ont à remplir, et vous les défendez devant les tribunaux ; lorsqu'il y a sur une liste électorale des noms qui n'y figurent que par fraude ou par erreur, vous signalez ces noms et en obtenez la radiation ; dès qu'un collége est convoqué, vous ralliez les patriotes, vous vous efforcez de concentrer leurs suffrages sur celui de leurs candidats qui se présente avec le plus de chances de succès, vous cherchez à prévenir ces rivalités d'où résultent pour les patriotes division, affaiblissement, et pour leurs adversaires majorité et triomphe ; vous recueillez et transmettez aux journaux de Paris et des départemens les renseignemens électoraux ; lorsque la chambre est convoquée, votre surveillance suit les députés dans l'exercice de leur mandat populaire, vous enregistrez leurs discours, leurs votes, les places, les faveurs, les pensions, les grades qu'ils obtiennent pour eux et leurs parens; enfin, quand la session est close, un compte rendu général, publié par votre comité, initie les électeurs aux secrets de la conduite parlementaire de leurs représentans.

Trop souvent, Messieurs, vos efforts sont impuissans pour tirer un meilleur parti d'une loi encore toute de privilége; et des majorités compactes, formées de gens aveugles ou mus par des intérêts privés, élisent et réélisent des hommes sans dignité et sans indépendance; mais souvent aussi votre voix est entendue, et tôt ou tard justice est faite.

Sans doute, l'influence que vous cherchez à exercer sur les élections n'est pas celle d'un comité qui aurait la ridicule prétention de dominer les électeurs et de leur imposer ses choix et ses idées; mais c'est celle d'une société politique, active, forte, dévouée, qui réunit laborieusemens tout les élémens susceptibles de produire de bonnes élections, qui les livre aux électeurs au moment où ils sont appelés à s'en servir, et qui n'a jamais cherché à placer le corps électoral sous une autre domination que celle de la raison et de la vérité.

Vous connaissez également, Messieurs, l'étendue de vos relations avec la presse périodique, et, on peut le dire, votre action sur le développement de celle des départemens. Les feuilles patriotes de Paris, dont plusieurs comptent leur rédacteur en chef parmi les membres de votre comité, sont ouvertes à toutes les publications que vous jugez utiles, et les noms des principaux rédacteurs des journaux patriotes des autres villes de France figurent presque tous sur la liste de vos membres correspondans. Les relations journalières que votre comité entretient avec eux constituent réellement un de ses plus puissans moyens d'action; votre comité répond avec empressement à l'appel qui vous est fait toutes les fois que le concours de votre société est réclamé, soit pour faciliter la fondation de nouveaux journaux de département, soit pour procurer à ceux qui existent des rédacteurs instruits et animés de vos principes, ou les aider en tout ce qui dépend de vous, soit enfin pour favoriser la formation des associations qui ont un but d'intérêt public, et surtout celles qui s'occupent de propager l'instruction élémentaire, le plus urgent des besoins du peuple.

Vous le savez aussi, Messieurs, votre comité ne se borne pas à user de la voie des journaux pour la publication des faits et des doctrines propres à éclairer, à améliorer l'opinion publique; il publie encore des brochures et propage tous les écrits qui peuvent remplir le même but.

La garde nationale est devenue une trop grande force politique pour que votre comité n'ait pas dû l'étudier et chercher les moyens de la faire concourir au triomphe de notre cause, la sienne, celle du pays. Il importe d'empêcher ceux qui, dans des vues personnelles, sollicitent et obtiennent les grades de la garde nationale de fausser son esprit en la plaçant sous l'influence directe de l'autorité.

Les officiers de la garde nationale sont appelés, dans leurs rapports fréquens avec les agens du gouvernement, à exprimer les idées et les opinions de leurs camarades. Pour que ces organes soient toujours vrais, il faut qu'ils soient toujours indépendans.

Votre comité a donc engagé les comités correspondans de chaque ville à se mettre en rapport avec les gardes nationaux patriotes, à leur faire faire une espèce de statistique descompag nies, à se tenir au courant des élections et réélections, à provoquer des réunions préparatoires, à faire prendre aux candidats l'engagement formel de n'accepter ni places, ni décorations; à répondre aux nombreuses questions soulevées chaque jour par l'application de la loi de la garde nationale et qui sont presque toujours résolues par l'autorité, aux dépens des citoyens; enfin, à détourner les officiers indépendans du pouvoir de ces démissions auxquelles le découragement les porte chaque jour; il faut que les défenseurs du pays sachent rester à leur poste et subir courageusement des dégoûts passagers pour arriver plus sûrement au triomphe de leurs principes.

Messieurs, les conseils municipaux méritent également de vous occuper : car là aussi il y a des élections à faire, des patriotes à soutenir, des adversaires à combattre. Il y a une opposition presque toujours écrasée par les maires, les sous-préfets et les préfets, lorsqu'elle veut étendre l'instruction du peuple, repartir d'une manière moins onéreuse aux citoyens pauvres les impôts et les taxes de l'octroi, défendre les prérogatives de la commune dans la gestion de ses propres affaires, rendre publiques les séances des conseils, etc. C'est en soutenant cette opposition, en recueillant ses plaintes, ses réclamations, en leur donnant de la publicité, que l'on obtiendra une bonne loi d'attributions des conseils mnnicipaux. Électifs ou non électifs, ces conseils ne feront aucun bien tant qu'on n'aura pas, au profit du pouvoir communal, dépouillé l'administration centrale de tout ce qu'elle retient d'inutile à la protection de l'unité nationale.

Ce n'est pas votre faute, Messieurs, si vous ne vous occupez pas de la formation des conseils d'arrondissement et de département. Le pouvoir ministériel y règne encore. Dès que la souveraineté du peuple aura fait une nouvelle conquête, dans l'élection des membres de ces conseils; vous aurez de nouveaux services à rendre.

Le droit de pétition est un moyen trop négligé de réclamer les lois et les institutions nécessaires au pays. Jusqu'à présent, ce droit n'a été le plus souvent exercé qu'au profit des intérêts privés. Et si, par accident, quelques-unes de ces pétitions soulevaient d'importantes questions politiques, presque toujours un vice de rédaction, de forme, l'insuffisance des pièces à l'appui, l'ignorance du jour où elles devaient être appelées à la tribune, le défaut de défenseurs préparés à la discussion, les ont laissées sans résultats utiles.

Votre comité a pris des dispositions pour se faire adresser les pétitions, et les transmettre à la chambre.

Par là, Messieurs, peuvent être provoquées des discussions du plus haut intérêt. Quelquefois vous aurez concouru à développer l'exercice des moyens les plus efficaces que possèdent les citoyens d'intervenir dans les affaires publiques.

Le jury, tel qu'il existe aujourd'hui, tel qu'il se présente pour juger les causes politiques qui lui sont déférées, n'est qu'une institution faussée. La liste des jurés n'est encore qu'une liste de citoyens privilégiés par la loi. Mais, outre ce vice radical dans l'existence de notre jury, il en est un autre dans la mise en œuvre de la loi, qui est vraiment monstrueux. Chaque année, au lieu de tirer au sort les noms inscrits sur la liste des citoyens qui devront remplir les importantes fonctions de jurés, le préfet, le premier agent ministériel, les choisit, et forme ainsi le tribunal qui connaîtra, pendant toute une année, des causes politiques, c'est-à-dire des accusations portées contre des citoyens par le même pouvoir qui a nommé les juges.

Ces deux moyens de se rendre favorable le jury ne suffisaient pas encore au ministère public. La loi lui donne le droit de récuser jusqu'à dix jurés. Ce droit lui est commun, il est vrai, avec les accusés, mais il ne profite réellement qu'à lui. Les sentimens politiques des jurés lui sont toujours connus, et nous avons vu plusieurs fois l'avocat du roi épuiser son droit de récusation ; pour l'accusé, au contraire, cette faculté est presque toujours stérile, la plupart des jurés lui étant inconnus.

Sans parler d'un autre abus des lois bien plus criant, et qui paraîtrait incroyable s'il ne se renouvelait chaque jour sous nos yeux, de ces détentions préventives qui conduisent, après 7 ou 8 mois, à une simple ordon-

nance de non lieu, vous comprenez suffisamment ,
Messieurs, que la position des prévenus politiques est
trop souvent désavantageuse : il y a donc encore là service à rendre en aidant les accusés à faire triompher la vérité et le bon droit quand on les voit de leur côté. Votre
comité a dû tenter de le faire. En même temps qu'il se
livre à une enquête journalière sur tous les faits qui se
rattachent aux sujets dont il vient d'avoir l'honneur de
vous entretenir, votre comité recueille tous ceux qu'il
importe de signaler à l'opinion, de quelque nature qu'ils
soient, pourvu, nous le répétons, qu'ils aient un but
d'utilité publique.

Votre comité, avant de transmettre aux journaux les
faits dont il s'est enquis, ou les communications qui lui
sont faites, s'attache constamment avec le plus grand
soin à en vérifier l'exactitude. En les couvrant de sa
responsabilité, il leur donne un caractère d'authenticité
tel, que les journaux patriotes n'hésitent jamais à les
reproduire.

Messieurs, pour réaliser plus complètement ces amé-
liorations, et pour étendre votre association dans les départemens, votre comité a cru utile, en publiant le présent rapport, et faisant connaître son mode actuel de
travail, de reproduire ici l'ancien réglement de la Société.

DE LA SOCIÉTÉ

AIDE-TOI, LE CIEL T'AIDERA.

Article 1er.

La Société a pour but d'éclairer et de seconder les citoyens dans l'exercice légal de tous les droits politiques qui découlent du principe de la souveraineté nationale.

Article 2.

Les moyens sont ceux que donne la loi, principalement pour favoriser l'avénement à la chambre des députés, aux grades de la garde nationale, aux conseils municipaux, d'hommes probes, instruits, indépendans et patriotes ; pour aider à la propagation de tout ce qui a trait à l'enseignement primaire ; pour éclairer et former l'opinion publique ; pour développer l'exercice du droit de pétition.

Article 3.

Les ressources de la Société consistent 1° en un droit de réception et une cotisation régulière payés par tous les sociétaires ; 2° en souscriptions spéciales.

Article 4.

La Société se compose de sociétaires de Paris et de sociétaires des départemens. Pour être membre de la Société, il faut (à Paris) être présenté par trois sociétaires et agréé par le comité, payer un droit de réception, dont le minimum est de 10 francs, et une cotisation mensuelle, dont le maximum est de 5 francs.

(Pour les départemens), il faut être nommé par le comité, payer un droit de réception dont le minimum est de 5 francs, et une cotisation mensuelle de 1 franc.

Article 5.

La Société agit par un comité central de douze membres, auquel elle délègue tous ses pouvoirs.

Article 6.

La Société se réunit sous la convocation de son comité. A chaque réunion, elle entend un compte-rendu sur l'état général des affaires publiques et sur la position financière et politique de la Société.

Article 7.

La Société réélit son comité aux époques qu'elle désigne. Elle appure les comptes du comité et lui en donne décharge par un vote d'adoption.

Article 8.

Tous les sociétaires ont droit à un exemplaire de chaque publication faite par le comité.

DU COMITÉ DE LA SOCIÉTÉ.

Article 9.

Le comité se compose de douze membres titulaires de la Société ; nommés en assemblée générale, à la majorité des voix. Ils peuvent être réélus.

Le comité a le droit de s'adjoindre huit membres dits membres *adjoints*.

Article 10.

Le comité se réunit au moins une fois par semaine. A chaque réunion , le plus âgé des membres présens remplit les fonctions de président, et le plus jeune celles de secrétaire.

Art. 11.

Le procès-verbal de ses séances est transcrit sur un registre et signé par les président et secrétaire.

Art. 12.

La décision de toutes les affaires importantes ne peut être prise que par le comité , réuni à la majorité de ses membres. Il vote au scrutin secret sur la réception des candidats présentés par trois secrétaires. L'opposition d'un membre suffit pour faire ajourner l'admission.

Art. 13.

Le comité est saisi de tous les pouvoirs de la société , il est chargé de tous les travaux de la société, agit au nom de la société, fait les recettes et les dépenses.

Art. 14.

Le comité forme le bureau de la société ou secrétariat. Il se divise, pour l'expédition des affaires, en trois sections :

Ire section : Des élections et des pétitions.

IIe section : Des conseils municipaux, des gardes nationales, de l'instruction publique et de l'enquête.

IIIe section : Du matériel et du personnel.

DU SECRÉTARIAT.

Art. 15

Il se compose de tous les membres du comité, dont deux au moins sont plus spécialement chargés de la partie courante et régulière du service.

De lui relève : le dépouillement de la correspondance ; la lecture des journaux de département ; l'extrait des matières propres à chaque section ; la répartition du travail dans les différentes sections ; la classification des archives ; la correspondance générale ; la transmission du travail fait par les sections ; l'exécution des décisions du comité ; la réception des étrangers ; la convocation des sociétaires en assemblées particulières et générales, etc.

Iʳᵉ SECTION.

Art. 16.

Elle se compose de quatre membres titulaires et trois membres adjoints. Elle fait la statistique électorale ; s'occupe des élections et réélections ; propose au comité les mesures et les voyages utiles, les candidatures que la société doit appuyer ; donne gratuitement les consultations électorales ; publie le compte – rendu des sessions tel que l'arrête le comité ; reçoit les pétitions, les remet à la Chambre s'il y a lieu, en surveille la marche ; prépare les matériaux de la défense, et fait les circulaires qui concernent la matière dont elle s'occupe.

IIe SECTION.

Art. 17.

Elle se compose de quatre membres titulaires, et de trois membres adjoints.

Elle s'entend avec les comités de département, et s'occupe des questions soulevées par l'application des lois municipales et de la garde nationale.

Elle établit des relations avec les patriotes des compagnies de la garde nationale, et fait tout ce qui peut favoriser la nomination de citoyens indépendans aux grades d'officiers; elle emploie tous les moyens dont peut disposer le comité, pour concourir à l'instruction du peuple; elle fait toutes les enquêtes, et exécute les décisions du comité en ce qui la concerne.

IIIe SECTION.

Art. 18.

Elle se compose de deux membres titulaires, et de deux membres adjoints.

Elle fait les recettes suivant le réglement et les décisions du comité; conclut les marchés; s'occupe de l'entretien du matériel; tient les livres de recette et de dépense. Elle prépare et fait les comptes-rendus sous le rapport financier, soit au comité, soit en assemblée générale: elle s'occupe de tout ce qui se rattache au personnel, tel que les présentations, les radiations, les démissions de sociétaires, l'admission et le changement des correspondans, etc.

Art. 19.

Toute dépense est arrêtée par le comité.

Les dépenses sont fixes ou éventuelles.

Les premières sont : les frais de loyer, de matériel, de fournitures de bureau, des appointemens des employés, les frais de correspondance, d'affranchissement, d'expédition, d'impression, etc.

Les deuxièmes sont : les voyages, les publications, les secours, les travaux commandés par le comité, la participation à la fondation de journaux.

Art. 20.

Dans aucun cas, les membres du comité ne reçoivent de traitement de frais de bureau, ou d'indemnité, à quelque titre que ce soit.

DES MEMBRES CORRESPONDANS.

Art. 21.

Les membres correspondans sont nommés par le comité.

Ils sont chargés, dans leur localité, de l'exécution de toutes les mesures que la société arrête. Ils reçoivent et transmettent aux sociétaires de département les publications faites par la société.

Ils perçoivent et expédient au comité de Paris le montant des cotisations des sociétaires des départemens.

Les membres et les comités correspondans n'aliènent

en rien le droit qu'ils ont, comme citoyens et patriotes, de prendre toutes les déterminations qu'ils jugent utiles à leur pays ; mais tout acte fait par eux en dehors du comité de Paris ne lie pas la société.

***

La société, après avoir entendu le présent rapport en assemblée générale, le 14 novembre 1832, l'a adopté à l'unanimité. Elle a arrêté qu'il serait imprimé et expédié à tous les sociétaires et membres correspondans.

Les membres du comité :

BARTHÉLEMY ST-HILAIRE ; BLANC ; A. CARREL, rédacteur en chef du *National* ; CAUCHOIS-LEMAIRE, rédacteur en chef du *BonSens*, CHATELAIN, rédacteur en chef du *Courrier Français* ; CHEVALLIER ; DEBAINS ; DUPONT, avocat ; GARNIER-PAGÈS, député ; SENTIS ; VALLIER.

AUFFRAY, Imprimeur, passage du Caire.

www.ingramcontent.com/pod-product-compliance
Lightning Source LLC
LaVergne TN
LVHW010241030726
842520LV00007B/2687